Guido Cavalcanti

Rime

I

Fresca rosa novella,
piacente primavera,
per prata e per rivera
gaiamente cantando,
vostro fin presio mando - a la verdura.

Lo vostro presio fino
in gio' si rinovelli
da grandi e da zitelli
per ciascuno camino;
e cantin[n]e gli auselli
ciascuno in suo latino
da sera e da matino
su li verdi arbuscelli.
Tutto lo mondo canti,
po' che lo tempo vène,
s' come si convene,
vostr'altezza presiata:
ché siete angelicata - crïatura.

Angelica sembranza
in voi, donna, riposa:
Dio, quanto aventurosa
fue la mia disïanza!
Vostra cera gioiosa,
poi che passa e avanza
natura e costumanza,
ben è mirabil cosa.
Fra lor le donne dea
vi chiaman, come sète;
tanto adorna parete,
ch'eo non saccio contare;
e chi poria pensare - oltra natura?

Oltra natura umana
vostra fina piasenza
fece Dio, per essenza
che voi foste sovrana:
Per che vostra parvenza
ver' me non sia luntana;
or non mi sia villana
la dolce provedenza!
E se vi pare oltraggio
ch' ad amarvi sia dato,
non sia da voi blasmato:
ché solo Amor mi sforza,
contra cui non val forza - né misura.

II

Avete 'n vo' li fior' e la verdura
e ciò che luce od è bello a vedere;
risplende più che sol vostra figura:
chi vo' non vede, ma' non pò valere.

In questo mondo non ha creatura
s' piena di bieltà né di piacere;
e chi d'amor si teme, lu' assicura
vostro bel vis' a tanto 'n sé volere.

Le donne che vi fanno compagnia
assa' mi piaccion per lo vostro amore;
ed i' le prego per lor cortesia.

che qual più può più vi faccia onore
ed aggia cara vostra segnoria,
perché di tutte siete la migliore.

III

Biltà di donna e di saccente core
e cavalieri armati che sien genti;
cantar d'augilli e ragionar d'amore;
adorni legni 'n mar forte correnti;

aria serena quand' apar l'albore
e bianca neve scender senza venti;
rivera d'acqua e prato d'ogni fiore;
oro, argento, azzuro 'n ornamenti:

ciò passa la beltate e la valenza
de la mia donna e 'l su' gentil coraggio,
s' che rasembra vile a chi ciò guarda;

e tanto più d'ogn' altr' ha canoscenza,
quanto lo ciel de la terra è maggio.
A simil di natura ben non tarda.

IV

Chi è questa che vèn, ch'ogn'om la mira,
che fa tremar di chiaritate l'àre
e mena seco Amor, s' che parlare
null'omo pote, ma ciascun sospira?

O Deo, che sembra quando li occhi gira,
dical' Amor, ch'i' nol savria contare:
contanto d'umiltà donna mi pare,
ch'ogn'altra ver' di lei i' la chiam' ira.

Non si poria contar la sua piagenza,
ch'a le' s'inchin' ogni gentil vertute,
e la beltate per sua dea la mostra.

Non fu s' alta già la mente nostra
e non si pose 'n noi tanta salute,
che propiamente n'aviàn conoscenza.

V

Li mie' foll' occhi, che prima guardaro
vostra figura piena di valore,
fuor quei che di voi, donna, m'acusaro
nel fero loco ove ten corte Amore,

e mantinente avanti lui mostraro
ch' io era fatto vostro servidore:
per che sospiri e dolor mi pigliaro,
vedendo che temenza avea lo core.

Menàrmi tosto, sanza riposanza,
in una parte là 'v' i' trovai gente
che ciascun si doleva d'Amor forte,

Quando mi vider, tutti con pietanza
dissermi: - Fatto se', di tal, servente,
che mai non déi sperare altro che morte - .

VI

Deh, spiriti miei, quando mi vedete
con tanta pena, come non mandate
fuor della mente parole adornate
di pianto, dolorose e sbigottite?

Deh, voi vedete che 'l core ha ferite
di sguardo e di piacer e d'umiltate:
deh, i' vi priego che voi 'l consoliate
che son da lui le sue vertù partite.

I' veggo a luï spirito apparire
alto e gentile e di tanto valore,
che fa le sue vertù tutte fuggire.

Deh, i' vi priego che deggiate dire
a l'alma trista, che parl' in dolore,
com' ella fu e fie sempre d'Amore.

VII

L'anima mia vilment' è sbigotita
de la battaglia ch'e[l]l'ave dal core:
che s'ella sente pur un poco Amore.
più presso a lui che non sòle, ella more,

Sta come quella che non ha valore,
ch'è per temenza da lo cor partita;
e chi vedesse com'ell' è fuggita
diria per certo: - Questi non ha vita - .

Per li occhi venne la battaglia in pira,
che ruppe ogni valore immantenente,
s' che del colpo fu strutta la mente.

Qualunqu' è quei che più allegrezza sente,
se vedesse li spiriti fuggir via,
di grande sua pietate piangeria.

VIII

Tu m'hai s' piena di dolor la mente,
che l'anima si briga di partire,
e li sospir' che manda 'l cor dolente
mostrano agli occhi che non può soffrire.

Amor, che lo tuo grande valor sente,
dice: - E' mi duol che ti convien morire
per questa fiera donna, che nïente
par che piatate di te voglia udire - .

I' vo come colui ch'è fuor di vita,
che pare, a chi lo sguarda, ch'omo sia
fatto di rame o di pietra o di legno,

che si conduca sol per maestria
e porti ne lo core una ferita
che sia, com' egli è morto, aperto segno.

IX

Io non pensava che lo cor giammai
avesse di sospir' tormento tanto,
che dell'anima mia nascesse pianto
mostrando per lo viso agli occhi morte.
Non sent'o pace né riposo alquanto
poscia ch'Amore e madonna trovai,
lo qual mi disse: - Tu non camperai,
ché troppo è lo valor di costei forte - .
La mia virtù si part'o sconsolata
poi che lassò lo core
a la battaglia ove madonna è stata:

la qual degli occhi suoi venne a ferire
in tal guisa, ch'Amore
ruppe tutti miei spiriti a fuggire.

Di questa donna non si può contare:
ché di tante bellezze adorna vène,
che mente di qua giù no la sostene
s' che la veggia lo 'ntelletto nostro.
Tant' è gentil che, quand' eo penso bene,
l'anima sento per lo cor tremare,
s' come quella che non pò durare
davanti al gran valor ch'è i . llei dimostro.
Per gli occhi fere la sua claritate,
s' che quale mi vede
dice: - Non guardi tu questa pietate
ch'è posta invece di persona morta
per dimandar merzede? -
E non si n'è madonna ancor accorta!

Quando 'l pensier mi vèn ch'i' voglia dire
a gentil core de la sua vertute,
i' trovo me di s' poca salute,
ch'i' non ardisco di star nel pensero.
Amor, c'ha le bellezze sue vedute,
mi sbigottisce s', che sofferire
non può lo cor sentendola venire,
ché sospirando dice: - Io ti dispero,
però che trasse del su' dolce riso
una saetta aguta,
c'ha passato 'l tuo core e 'l mio diviso,
Tu sai, quando venisti, ch'io ti dissi,
poi che l'avéi veduta,
per forza convenia che tu morissi - .

Canzon, tu sai che de' libri d'Amore
io t'asemplai quando madonna vidi:
ora ti piaccia ch'io di te me fidi
e vadi 'n guis' a lei, ch'ella t'ascolti;
E prego umilemente a lei tu guidi
li spiriti fuggiti del mio core,
che per soverchio de lo su' valore
eran distrutti, se non fosser vòlti,
e vanno soli, senza compagnia,
e son pien' di paura.
Però li mena per fidata via
e poi le di', quando le se' presente:
- Questi sono in figura
d'un che si more sbigottitamente - .

X

Vedete ch'i' son un che vo piangendo

e dimostrando - il giudicio d'Amore,
e già non trovo s' pietoso core
che, me guardando, - una volta sospiri.

Novella doglia m'è nel cor venuta,
la qual mi fa doler e pianger forte;
e spesse volte avèn che mi saluta
tanto di presso l'angosciosa Morte,
che fa 'n quel punto le persone accorte,
che dicono infra lor: - Quest' ha dolore,
e già, secondo che ne par de fòre,
dovrebbe dentro aver novi martiri - .

Questa pesanza ch'è nel cor discesa
ha certi spirite' già consumati,
i quali eran venuti per difesa
del cor dolente che gli avea chiamati.
Questi lasciaro gli occhi abbandonati
quando passò nella mente un romore
il qual dicea: - Dentro, Biltà, ch'e' more;
ma guarda che Pietà non vi si miri!. -

XI

Poi che di doglia cor conven ch'i' porti
e senta di piacere ardente foco
e di virtù mi traggi' a s' vil loco,
dirò com'ho perduto ogni valore.
E dico che' miei spiriti son morti,
e 'l cor che tanto ha guerra e vita pocco;
e se non fosse che 'l morir m'è gioco,
fare'ne di pietà pianger Amore.
Ma, per lo folle tempo che m'ha giunto,
mi cangio di mia ferma oppinïone
in altrui condizione,
s' ch'io non mostro quant'io sento affanno:
là 'nd'eo ricevo inganno,
chè dentro da lo cor mi pass' Amanza,
che se ne prota tutta mia possanza.

XII

Perché non fuoro a me gli occhi dispenti
o tolti, s' che de la lor venduta
non fosse nella mente mia ventua
a dir: - Ascolta se nel cor mi senti - ?

Ch'una paura di novi tormenti
m'aparve allor, s' crudel e aguta,
che l'anima chiamò: - Donna, or ci aiuta,
che gli occhi ed i' non rimagnàn dolenti!

Tu gli ha' lasciati s', che venne Amore
a pianger sovra lor pietosamente,
tanto che s'ode una profonda voce

la quale dice: - Chi gran pena sente
guardi costui, e vedrà 'l su' core
che Morte 'l porta 'n man tagliato in croce- - .

XIII

Voi che per li occhi mi passaste 'l core
e destaste la mente che dormia,
guardate a l'angosciosa vita mia,
che sospirando la distrugge Amore.

E vèn tagliando di s' gran valore,
che' deboletti spiriti van via:
riman figura sol en segnoria
e voce alquanta, che parla dolore.

Questa vertù d'amor che m'ha disfatto
da' vostr' occhi gentil' presta si mosse:
un dardo mi gittò dentro dal financo.

Si giunse ritto 'l colpo al primo tratto,
che l'anima tremando si riscosse
veggendo morto 'l cor nel lato manco.

XIV

Se m 'ha del tutto oblïato Merzede,
già però Fede - il cor non abandona,
anzi ragiona - di servire a grato
al dispietato - core.
E, qual s' sente simil me, ciò crede;
ma chi tal vede - (certo non persona),
ch'Amor mi dona - un spirito 'n su' stato
che, figurato, - more?
Ché quando lo piacer mi stringe tanto
che lo sospir si mova,
par che nel cor mi piova
un dolce amor s' bono
ch'eo dico: - Donna, tutto vostro sono - .

XV

Se Mercé fosse amica a' miei disiri,
e 'l movimento suo fosse dal core
di questa bella donna, [e] 'l su' valore

mostrasse la vertute a' mie' martiri,

d'angosciosi dilett' i miei sospiri,
che nascon della mente ov'è Amore
e vanno sol ragionando dolore
e non trovan persona che li miri,

giriano agli occhi con tanta vertute,
che 'l forte e 'l duro lagrimar che fanno
ritornerebbe in allegrezza e 'n gioia.

Ma s' è al cor dolente tanta noia
e all'anima trista è tanto danno,
che per disdegno uom non dà lor salute.

XVI

A me stesso di me pietate vène
per la dolente angoscia ch'i' mi veggio:
di molta debolezza quand'io seggio,
l'anima sento ricoprir di pene,

Tutto mi struggo, perch'io sento bene
che d'ogni angoscia la mia vita è peggio;
la nova donna cu' merzede cheggio
questa battaglia di dolor' mantene:

però che, quand' i' guardo verso lei,
rizzami gli occhi dello su' disdgno
s' feramente, che distrugge 'l core.

Allor si parte ogni vertù da' miei
e 'l cor si ferma per veduto segno
dove si lancia crudeltà d'amore.

XVII

S'io prego questa donna che Pietate
non sia nemica del su' cor gentile,
tu di' ch'i' sono sconoscente e vile
e disperato e pien di vanitate.

Onde ti vien s' nova crudeltate?
Già risomigli, a chi ti vede, um'le,
saggia e adorna e accorta e sottile
e fatta a modo di soavitate!

L'anima mia dolente e paurosa
piange ne li sospir' che nel cor trova,
s' che bagnati di pianti escon fòre.

Allora par che ne la mente piova
una figura di donna pensosa
che vegna per veder morir lo core.

XVIII

Noi siàn le triste penne isbigotite,
le cesoiuzze e 'l coltellin dolente,
ch'avemo scritte dolorsamente
quelle parole che vo' avete udite.

Or vi diciàn perché noi siàn partite
e siàn venute a voi qui di presente:
la man che ci movea dice che sente
cose dubbiose nel core apparite;

le quali hanno destrutto s' costui
ed hannol posto s' presso a la morte,
ch'altro non v'è rimaso che sospiri.

Or vi preghiàn quanto possiàn più forte
che non sdegn[i]ate di tenerci noi,
tanto ch'un poco di pietà vi miri.

XIX

I' prego voi che di dolor parlate
che, per vertute di nova pietate,
non disdegn[i]ate - la mia pena udire.

Davante agli occhi miei vegg'io lo core
e l'anima dolente che s'ancide,
che mor d'un colpo che li diede Amore
ed in quel punto che madonna vide.
Lo su' gentile spirito che ride,
questi è colui che mi si fa sentire,
lo qual mi dice: - E' ti convien morire - .

Se voi sentiste come 'l cor si dole,
dentro dal vostro cor voi tremereste:
ch'elli mi dice s' dolci parole,
che sospirando pietà chiamereste.
E solamente voi lo 'ntendereste:
ch'altro cor non poria pensar nè dire
quant'è 'l dolor che mi conven soffrire.

Lagrime ascendon de la mente mia,
s' tosto come questa donna sente,
che van faccendo per li occhi una via
per la qual passa spirito dolente,
ch'entra per li [occhi] miei s' debilmente

ch'oltra non puote color discovrire
che 'l 'maginar vi si possa finire.

XX

O tu, che porti nelli occhi sovente
Amor tenendo tre saette in mano,
questo mio spirto che vien di lontano
ti raccomanda l'anima dolente,

la quale ha già feruta nella mente
di due saette l'arcier sorïano;
a la terza apre l'arco, ma s' piano
che non m'aggiunge essendoti presente:

perché saria dell'alma la salute,
che quasi giace infra le membra, morta
di due saette che fan tre ferute:

la prima dà piacere e disconforta,
e la seconda disia la vertute
della gran gioia che la terza porta.

XXI

O donna mia, non vedestù colui
che 'n su lo core mi tenea la mano
quando ti respondea fiochetto e piano
per la temeza de li colpi sui?

E' fu Amore, che, trovando noi,
meco ristette, che venia lontano,
in guisa d'arcier presto sorïano
acconcio sol per uccider altrui.

E' trasse poi de li occhi tuo' sospiri,
i qua' me saettò nel cor s' forte,
ch'i' mi part' sbigotito fuggendo.

Allor m'aparve di sicur la Morte,
acompagnata di quelli martiri
che soglion consumare altru' piangendo.

XXII

Veder poteste, quando v'inscontrai,
quel pauroso spirito d'amore
lo qual sòl apparir quand'om si more,
e 'n altra guisa non si vede mai.

Elli mi fu s' presso, ch'i' pensai
ch'ell' uccidesse lo dolente core:
allor si mise nel morto colore
l'anima trista per voler trar guai;

ma po' sostenne, quando vide uscire
degli occhi vostri un lume di merzede,
che porse dentr' al cor nova dolcezza;

e quel sottile spirito che vede
soccorse gli altri, che credean morire,
gravati d'angosciosa debolezza.

XXIII

Io vidi li occhi dove Amor si mise
quando mi fece di sé pauroso,
che mi guardar com'io fosse noioso:
allora dico che 'l cor di divise;

e se non fosse che la donna rise,
i' parlerei di tal guisa doglioso,
ch'Amor medesmo ne farei cruccioso,
che fe' lo immaginar che mi conquise.

Dal ciel si mosse un spirito, in quel punto
che quella donna mi degnò guardare,
e vennesi a posar nel mio pensero:

elli mi conta s' d'Amor lo vero,
che[d] ogni sua virtù veder mi pare
s' com'io fosse nello suo cor giunto.

XXIV

Un amoroso sguardo spiritale
m'ha renovato Amor, tanto piacente
ch'assa' più che non sòl ora m'assale
e stringem' a pensar coralemente

della mia donna, verso cu' non vale
merzede né pietà né star soffrente,
ché soventora mi dà pena tale,
che 'n poca parte il mi' cor vita sente.

Ma quando sento che s' dolce sguardo
dentro degli occhi mi passò al core
e posevi uno spirito di gioia,

di farne a lei mercé, di ciò non tardo:
cos' pregata foss'ella d'Amore

ch'un poco di pietà no i fosse noia!

XXV

Posso degli occhi miei novella dire,
la qual è tale che piace s' al core
che di dolcezza ne sospir' Amore.

Questo novo plager che 'l meo cor sente
fu tratto sol d'una donna veduta,
la qual è s' gentil e avenente
e tanta adorna, che 'l cor la saluta.
Non è la sua biltate canosciuta
da gente vile, ché lo suo colore
chiama intelletto di troppo valore.

Io veggio che negli occhi suoi risplende
una vertù d'amor tanto gentile,
ch'ogni dolce piacer vi si comprende;
e move a loro un'anima sottile,
respetto della quale ogn'altra è vile:
e non si pò di lei giudicar fòre
altro che dir: - Quest' è novo splendor - .

Va', ballatetta, e la mia donna trova,
e tanto li domanda di merzede,
che gli occhi di pietà verso te mova
per quei che 'n lei ha tutta la sua fede;
e s'ella questa grazia ti concede,
mandi una voce d'allegrezza fòre,
che mostri quella che t'ha fatto onore.

XXVI

Veggio negli occhi de la donna mia
un lume pien di spiriti d'amore,
che porta uno piacer novo nel core,
s' che vi desta d'allegrezza vita.

Cosa m'aven, quand' i' le son presente,
ch'i' non la posso a lo 'ntelletto dire:
veder mi par de la sua labbia uscire
una s' bella donna, che la mente
comprender no la può, che 'mmantenente
ne nasce un'altra di bellezza nova,
da la qual par ch'una stella si mova
e dica: - La salute tua è apparita - .

Là dove questa bella donna appare
s'ode una voce che le vèn davanti
e par che d'umiltà il su' nome canti

s' dolcemente, che, s'i' 'l vo' contare,
sento che 'l su' valor mi fa tremare;
e movonsi nell'anima sospiri
che dicon: - Guarda; se tu coste' miri,
vedra' la sua vertù nel ciel salita - .

XXVII

Donna me prega, - per ch'eo voglio dire
d'un accidente - che sovente - è fero
ed è si altero - ch'è chiamato amore:
s' chi lo nega - possa 'l ver sentire!
Ed a presente - conoscente - chero,
perch'io no sper - ch'om di basso core
a tal ragione porti canoscenza:
ché senza - natural dimostramemto
non ho talento - di voler provare
là dove posa, e chi lo fa creare,
e qual sia sua vertute e sua potenza,
l'essenza - poi e ciascun suo movimento,
e 'l piacimento - che 'l fa dire amare,
e s'omo per veder lo pò mostrare.

In quella parte - dove sta memora
prende suo stato, - s' formato, - come
diaffan da lume, - d'una scuritate
la qual da Marte - vène, e fa demora;
elli è creato - ed ha sensato - nome,
d'alma costume - e di cor volontate.
Vèn da veduta forma che s'intende,
che prende - nel possibile intelletto,
come in subietto, - loco e dimoranza.
In quella parte mai non ha pesanza
perché da qualitate non descende:
resplende - in sé perpetual effetto;
non ha diletto - ma consideranza;
s' che non pote largir simiglianza.
Non è vertute, - ma da quella vène
ch'è perfezione - (ché si pone - tale),
non razionale, - ma che sente, dico;
for di salute - giudicar mantene,
ch la 'ntenzione - per ragione - vale:
discerne male - in cui è vizio amico.
Di sua potenza segue spesso morte,
se forte - la vertù fosse impedita,
la quale aita - la contraria via:
non perché oppost' a naturale sia;
ma quanto che da buon perfetto tort'è
per sorte, - non pò dire om ch'aggia vita,
ché stabilita - non ha segnoria.
A simil pò valer quand'om l'oblia.

L'essere è quando - lo voler è tanto
ch'oltra misura - di natura - torna,
poi non s'adorna - di riposo mai.
Move, cangiando - color, riso in pianto,
e la figura - co paura - storna;
poco soggiorna; - ancor di lui vedrai
che 'n gente di valor lo più si trova.
La nova- qualità move sospiri,
e vol ch'om miri - 'n non formato loco,
destandos' ira la qual manda foco
(Imaginar nol pote om che nol prova),
né mova - già però ch'a lui si tiri,
e non si giri - per trovarvi gioco:
né cert'ha mente gran saver né poco.
De simil tragge - complessione sguardo
che fa parere - lo piacere - certo:
non pò coverto - star, quand'è s' giunto.
Non già selvagge - le bieltà son dardo,
ché tal volere - per temere - è sperto:
consiegue merto - spirito ch'è punto.
E non si pò conoscer per lo viso:
compriso - bianco in tale obietto cade;
e, chi ben aude, - forma non si vede:
dungu' elli meno, che da lei procede.
For di colore, d'essere diviso,
assiso - 'n mezzo scuro, luce rade,
For d'ogne fraude - dico, degno in fede,
che solo di costui nasce mercede.

Tu puoi sicuramente gir, canzone,
là 've ti piace, ch'io t'ho s' adornata
ch'assai laudata - sarà tua ragione
da le persone - c'hanno intendimento:
di star con l'altre tu non hai talento.

XXVIII

Pegli occhi fere un spirito sottile,
che fa 'n la mente spirito destare,
dal qual si move spirito d'amare,
ch'ogn'altro spiritel[o] fa gentile.

Sentir non pò di lu' spirito vile,
di contanta vertù spirito appare:
quest' è lo spiritel che fa tremare,
lo spiritel che fa la donna um'le.

E poi da questo spirito si muove
un altro dolce spirito soave,
che sieg[u]e un spiritello di mercede:

lo quale spiritel spiriti piove,

ché di ciascuno spirit' ha la chiave,
per forza d'uno spirito che 'l vede.

XXIX

Una giovane donna di Tolosa,
bell'e gentil, d'onesta leggiadria,
è tant'e dritta e simigliante cosa,
ne' suoi dolci occhi, della donna mia,

che fatt' ha dentro al cor disiderosa
l'anima, in guisa che da lui si svia
e vanne a lei; ma tant'e paurosa,
che non le dice di qual donna sia.

Quella la mira nel su' dolce sguardo,
ne lo qual face rallegrare Amore
perché v'è dentro la sua donna dritta;

po' torna, piena di sospir', nel core,
ferita a morte d'un tagliente dardo
che questa donna nel partir li gitta.

XXX

Era in penser d'amor quand' l' trovai
due foresette nove.
L'una cantava: - E' piove
gioco d'amore in noi - .

Era la vista lor tanto soave
e tanto queta, cortese e um'le,
ch'i' dissi lor: - Vo', portate la chiave
di ciascuna vertù alta e gentile.
Deh, foresette, no m'abbiate a vile
per lo colpo ch'io porto;
questo cor mi fue morto
poi che 'n Tolosa fui. -

Elle con gli occhi lor si volser tanto
che vider come 'l cor era ferito
e come un spiritel nato di pianto
era per mezzo de lo colpo uscito.
Poi che mi vider cos' sbigottito,
disse l'una, che rise:
- Guarda come conquise
forza d'amor costui! -

L'altra, pietosa, piena di mercede,
fatta di gioco in figura d'amore,
disse: - 'L tuo colpo, che nel cor si vede,

fu tratto d'occhi di troppo valore,
che dentro vi lasciaro uno splendore
ch'i' nol posso mirare.
Dimmi se ricordare
di quegli occhi ti puoi - .

Alla dura questione e paurosa
la qual mi fece questa foresetta,
i' dissi: - E' mi ricorda che 'n Tolosa
donna m'apparve, accordellata istretta,
Amor la qual chiamava la Mandetta;
giunse s' presta e forte,
che fin dentro, a la morte,
mi colpir gli occhi suoi - .

Molto cortesemente mi rispuose
quella che di me prima avea riso.
Disse: - La donna che nel cor ti pose
co la forza d'amor tutto 'l su' viso,
dentro per li occhi ti mirò s' fiso,
ch'Amor fece apparire.
Se t'è greve 'l soffrire,
raccomàndati a lui - .

Vanne a Tolosa, ballatetta mia,
ed entra quetamente a la Dorata,
ed ivi chiama che per cortesia
d'alcuna bella donna sie menata
dinanzi a quella di cui t'ho pregata;
e s'ella ti riceve,
dille con voce leve:
- Per merzé vegno a voi - .

XXXI

Gli occhi di quella gentil foresetta
hanno distretta - s' la mente mia,
ch'altro non chiama che le', né disia.

Ella mi fere s', quando la sguardo,
ch'i' sento lo sospir tremar nel core:
esce degli occhi suoi, che me [...] ardo,
un gentiletto spirito d'amore,
lo qual è piento di tanto valore,
quando mi giunge, l'anima va via,
come colei che soffrir nol poria.

I' sento pianger for li miei sospiri,
quando la mente di leii mi ragiona;
e veggio piover per l'aere martiri
che struggon di dolor la mia persona,
s' che ciascuna vertù m'abandona,

in guisa ch'i' non so là 'v'i' mi sia:
sol par che Morte m'aggia 'n sua bal'a.

S' mi sento disfatto, che Mercede
già non ardisco nel penser chiamare,
ch'i' trovo Amor che dice: - Ella si vede
tanto gentil, che non pò 'maginare
ch'om d'esto mondo l'ardisca mirare
che non convegna lui tremare in pria;
ed i', s'i' la sguardasse, ne morria -

Ballata, quando tu sarai presente
a gentil donna, sai che tu dirai
de l'angoscia[to] dolorosamente?
Di': - Quelli che mi manda a voi trà guai,
però che dice che non spera mai
trovar Pietà di tanta cortesia,
ch'a la sua donna faccia compagnia - .

XXXII

Quando di morte mi conven trar vita
e di pesanza gioia,
come di tanta noia
lo spirito d'amor d'amar m'invita?

Come m'invita lo meo cor d'amare,
lasso, ch'è pien di doglia
e di sospir' s' d'ogni parte priso,
che quasi sol merzé non pò chiamare,
e di vertù lo spoglia
l'afanno che m'ha già quasi conquiso?
Canto piacere, beninanza e riso
me'n son dogli' e sospiri:
guardi ciascuno e miri
che Morte m'è nel viso già salita!

Amor, che nasce di simil piacere,
dentro lo cor si posa
formando di disio nova persona;
ma fa la sua virtù in vizio cadere,
s' ch'amar già non osa
qual sente come servir guiderdona.
Dunque d'amar perché meco ragiona?
Credo sol perchè vede
ch'io domando mercede
a Morte, ch'a ciascun dolor m'adita.

I' mi posso blasmar di gran pesanza
più che nessun giammai:
ché Morte d'entro 'l cor me tragge un core
che va parlando di crudele amanza,

che ne' mie' forti guai
m'affanna là ond'i' prendo ogni valore.
Quel punto maladetto, sia ch'Amore
nacque di tal manera
che la mia vita fera
li fue, di tal piacere, a lui gradita.

XXXIII

Io temo che la mia disaventura
non faccia s' ch'i' dica: - I' mi dispero - ,
però ch'i' sento nel cor un pensero
che fa tremar la mente di paura,

e par che dica: - Amor non t'assicura
in guisa, che tu possi di leggero
a la tua donna s' contar il vero,
che Morte non ti ponga 'n sua figura - .

De la gran doglia che l'anima sente
si parte da lo core uno sospiro
che va dicendo: - Spiriti, fuggite - .

Allor d'un uom che sia pietoso miro,
che consolasse mia vita dolente
dicendo: - Spiritei, non vi partite! -

XXXIV

La forte e nova mia disaventura
m'ha desfatto nel core
ogni dolce penser, ch'i' avea, d'amore.

Disfatta m'ha già tanto de la vita,
che la gentil, piacevol donna mia
dall'anima destrutta s'è partita,
s' ch'i' non veggio là dov'ella sia.
Non è rimaso in me tanta bal'a,
ch'io de lo su' valore
possa comprender nella mente fiore.

Vèn, che m'uccide, un[o] sottil pensero,
che par che dica ch'i' mai no la veggia:
questo [è] torment disperato e fero,
che strugg' e dole e 'ncende ed amareggia.
Trovar non posso a cui pietate cheggia,
mercé di quel signore
che gira la fortune del dolore.

Pieno d'angoscia, in loco di paura,
lo spiritodel cor dolente giace

per la Fortuna che di me non cura,
c'ha volta Morte dove assai mi spiace,
e da speranza, ch'è stata fallace,
nel tempo ch'e' si more
m'ha fatto perder dilettevole ore.

Parole mie disfatt' e paurose,
là dove piace a voi di gire andate;
ma sempre sospirando e vergognose
lo nome de la mia donna chiamate.
Io pur rimango in tant'aversitate
che, qual mira de fòre,
vede la Morte sotto al meo colore.

XXXV

Perch'i' no spero di tornar giammai,
ballatetta, in Toscana,
va' tu, leggera e piana,
dritte'a la donna mia,
che per sua cortesia
ti farà molto onore.

Tu porterai novelle di sospiri
piene di dogli' e di molta paura;
ma guarda che persona non ti miri
che sia nemica di gentil natura:
ché certo per la mia disaventura
tu saresti contesa,
tanto dal lei ripresa
che mi sarebbe angoscia;
dopo la morte, poscia,
pianto e novel dolore.

Tu senti, ballatetta, che la morte
mi stringe s', che vita m'abbandona;
e senti come 'l cor si sbatte forte
per quel che ciascun spirito ragiona.
Tanto è distrutta già la mia persona,
ch'i' non posso soffrire:
se tu mi vuoi servire,
mena l'anima teco
(molto di ciò ti preco)
quando uscirà del core.
Deh, ballatetta mia, a la tu' amistate
quest'anima che trema raccomando:
menala teco, nella sua pietate,
a quella bella donna a cu' ti mando.
Deh, ballatetta, dille sospirando,
quando le se' presente:
- Questa vostra servente
vien per istar con voi,

partita da colui
che fu servo d'Amore - .

Tu, voce sbigottita e deboletta
ch'esci piangendo de lo cor dolente
coll'anima e con questa ballatetta
va' ragionando della strutta mente.
Voi troverete una donna piacente,
di s' dolce intelletto
che vi sarà diletto
starle davanti ognora.
Anim', e tu l'adora
sempre, nel su'valore.

XXXVI

Certe mie rime a te mandar vogliendo
del greve stato che lo meo cor porta,
Amor aparve a me in figura morta
e disse: - Non mandar, ch'i' ti riprendo,

però che, se l'amico è quel ch'io 'ntendo,
e' non avrà già s' la mente accorta,
ch'udendo la 'ngiuliosa cosa e torta
ch'i' ti fo sostener tuttora ardendo,

ched e' non prenda s' gran smarrimento
ch'avante ch'udit' aggia tua pesanza
non si diparta da la vita il core.

E tu conosci ben ch'i' sono Amore;
però ti lascio questa mia sembianza
e pòrtone ciascun tu' pensamento. -

XXXVII

Vedeste, al mio parere, onne valore
e tutto gioco e quanto bene om sente,
se foste in prova del segnor valente
che segnoreggia il mondo de l'onore,

poi vive in parte dove noia more,
e tien ragion nel cassar de la mente;
s' va soave per sonno a la gente,
che 'l cor ne porta senza far dolore.

Di voi lo core ne portò, veggendo
che vostra donna la morte cadea:
nodriala dello cor, di ciò temendo.

Quando v'apparve che se 'n gia dolendo,

fu 'l dolce sonno ch'allor si compiea,
ché 'l su' contraro lo ven'a vincendo.

XXXVIII

S'io fosse quelli che d'amor fu degno,
del qual non trovo sol che rimembranza,
e la donna tenesse altra sembianza,
assai mi piaceria siffatto legno.

E tu, che se' de l'amoroso regno
là onde di merzé nasce speranza,
riguarda se 'l mi' spirito ha pesanza:
ch'un prest' arcier di lui ha fatto segno

e tragge l'arco, che li tese Amore,
s' lietamente, che la sua persona
par che di gioco porti signoria.

Or odi maraviglia ch'el disia:
lo spirito fedito li perdona,
vedendo che li strugge il suo valore.

XXXIX

Se vedi Amore, assai ti priego, Dante,
in parte là 've Lapo sia presente,
che non ti gravi di por s' la mente
che mi riscrivi s'elli 'l chiama amante

e se la donna li sembla avenante,
ch'e' si le mostra vinto fortemente:
ché molte fiate cos' fatta gente
suol per gravezza d'amor far sembiante.

Tu sai che ne la corte là 'v'e regna
e'non vi può servir om che sia vile
a donna che là entro sia renduta:

se la sofrenza lo servente aiuta,
può di leggier cognoscer nostro sire,
lo quale porta di merzede insegna.

XL

Dante, un sospiro messagger del core
subitamente m'assali' dormendo,
ed io mi disvegliai allor, temendo
ched e' non fosse in compagnia d'Amore.

Po' mi girai, e vidi 'l servitore
di monna Lagia che ven'a dicendo:
- Aiutami, Pietà! - s' che piangendo
I' presi di merzé tanto valore,

ch'i' giunsi Amore ch'affilava I dardi.
Allor l'adomandai del su' tormento,
ed elli mi rispuose in questa guisa:

- Di' al servente che la donna è prisa,
e tengola per far su' piacimento;
e se no 'l crede, di' ch'a li occhi guardi - .

XLI

I' vegno 'l giorno a te 'nfinite volte
e trovoti pensar troppo vilmente:
molto mi dòl della gentil tua mente
e d'assai tue vertù che ti son tolte.

Solevanti spiacer persone molte;
tuttor fuggivi l'annoiosa gente;
di me parlavi s' coralemente,
che tutte le tue rime avie ricolte.

Or non ardisco, per la vil tua vita,
far mostramento che tu' dir mi piaccia,
né 'n guisa vegno a te, che tu mi veggi.

Se 'l presente sonetto spesso leggi,
lo spirito noioso che ti caccia
si partirà da l'anima invilita.

XLII

Certo non è de lo 'ntelletto acolto
quel che staman ti fece disonesto:
or come già, ['n] men [che non] dico, presto
t'aparve rosso spirito nel volto?

Sarebbe forse che t'avesse sciolto
Amor da quella ch'è nel tondo sesto?
o che vil razzo t'avesse richesto
a por te lieto ov' i' son tristo molto?

Di te mi dole: di me guata quanto
che me 'n fiede la mia donna 'n traverso
tagliando ciò ch'Amor porta soave!

Ancor dinanzi m'è rotta la chiave
del su' disdegno che nel mi' cor verso,

s' che n'ho l'ira, e d'allegrezza è pianto.

XLIII

Gianni, quel Guido salute
ne la tua bella e dolce salute.
Significàstimi, in un sonetto
rimatetto,
il voler de la giovane donna
che ti dice: - Fa' di me
quel che t'è
riposo - . E però ecco me
apparecchiato,
sobarcolato,
e d'Andrea coll'arco in mano,
e'ccogli strali e' cco moschetti
Guarda dove ti metti!
ché la Chiesa di Dio
s' vuole di giustizia fio.

XLIV (a)
Bernardo da Bologna a Guido Cavalcanti

A quella amorosetta foresella
passò s' 'l core la vostra salute,
che sfigur'o di sue belle parute.
dond' i' l'adomanda': - Perché, Pinella?

Udistù mai di quel Guido novella? -
- S' feci, ta' ch'appena l'ho credute
che s'allegaron le mortai ferute
d'amor e di su' fermamento stella,

con pura luce che spande soave.
Ma dimmi, amico, se te piace: come
la conoscenza di me da te l'ave?

S' tosto com' I' 'l vidi seppe 'l nome!
Ben é, cos' con' si dice, la chiave.
A lui ne mandi trentamilia some - .

XLIV(b)
Guido Cavalcanti al detto Bernardo risponde

Ciascuna fresca e dolce fontanella
prende in Lisciano[o] chiarezz' e vertute,
Bernardo amico mio, solo da quella
che ti rispuose a le tue rime agute:

però che, in quella parte ove favella
Amor delle bellezze c'ha vedute,
dice che questa gentiletta e bella
tutte nove adornezza ha in sé compiute.

Avegna che la doglia I' porti grave
per lo sospiro, ché di me fa lume
lo core ardendo in la disfatta nave,

mand' io a la Pinella un grande fiume
pieno di lammie, servito da schiave
bell' e adorn' e di gentil costume.

XLV

Se non ti caggia la tua santalena
giù per lo còlto tra le dure zolle
e vegna a man[o] d'un forese folle
che la stropicci e rèndalati a pena:

dimmi se 'l frutto che la terra mena
nasce di secco, di caldo o di molle;
e qual è 'l vento che l'annarca e tolle;
e di che nebbia la tempesta è piena;

e se ti piace quando la mattina
odi la boce del lavoratore
e 'l tramazzare della sua famiglia.

I' ho per certo che, se la Bettina
porta soave spirito nel core,
del novo acquisto spesso ti ripiglia.

XLVI

In un boschetto trova' pasturella
più che la stella - bella, al mi' parere.

Cavelli avea biondetti e ricciutelli,
e gli occhi pien' d'amor, cera rosata;
con sua verghetta pasturav' agnelli;
[di]scalza, di rugiada era bagnata;
cantava come fosse 'namorata:
er' adornata - di tutto piacere.

D'amor la saluta' imaantenente
e domaandai s'avesse compagnia;
ed ella mi rispose dolzemente
che sola sola per lo bosco gia,
e disse: - Sacci, quando l'augel pia,
allor disïa - 'l me' cor drudo avere - .

Po' che mi disse di sua condizione
e per lo bosco augelli aud'o cantare,
fra me stesso diss' I': - Or è stagione
di questa pasturella gio' pigliare - .
Merzé le chiesi sol che di basciare
ed abracciar, - se le fosse 'n volere.

Per man mi prese, d'amorosa voglia,
e disse che donato m'avea 'l core;
menòmmi sott' una freschetta foglia,
là dov'i' vidi fior' d'ogni colore;
e tanto vi sent'o gioia e dolzore,
che 'l die d'amore - mi parea vedere.

XLVII

Da più a uno face un sollegismo:
in maggiore e in minor mezzo si pone,
che pruov necessario sanza rismo;
da ciò ti paarti forse di ragione?

Nel profferer, che cade 'n barbarismo,
difetto di saver ti dà cagione;
e come far poteresti un sofismo
per silabate carte, fra Guittone?

Pei te non fu giammai una figura;
non fòri ha posto il tuo un argomento;
induri quanto più disci; e pon' cura,

ché 'ntes' ho che compon' d'insegnamento
volume: e fòr principio ha da natura.
Fa' ch'om non rida il tuo proponimento!

XLVIII (a)

Una figura della Donna mi
s'adora, Guido, a San Michele in Orto,
che, di bella sembianza, onesta e pia,
de' peccatori è gran rifugio e porto.

E qual con devozion lei s'umil'a,
chi più languisce, più n'ha di conforto:
li 'nfermi sana e' domon' caccia via
e gli occhi orbati fa vedere scorto.

Sana 'n publico loco gran langori;
con reverenza la gente la 'nchina;
d[i] luminara l'adornan di fòri.

La voce va per lontane camina,
ma dicon ch'è idolatra i Fra' Minori,
per invidia che non è lor vicina

XLVIII (b)
Guido Orlandi a Guido Cavalcanti

S'avessi detto, amico, di Maria
grat'a plena et pia:
- Rosa vermiglia se', piantata in orto - ,
avresti scritta dritta simigl'a.
Et veritas et via:
del nostro Sire fu magione, e porto

della nostra salute, quella dia
che prese Sua contia,
[che] l'angelo le porse il suo conforto;
e certo son, chi ver' lei s'umil'a
e sua colpa grandia,
che sano e salvo il fa, vivo di morto.

Ahi, qual conorto - ti darò? che plori
con Deo li tuo' fallori,
e non l'altrui: le tue parti diclina,
e prendine dottrina
dal publican che dolse I suo' dolori.

Li Fra' Minori - sanno la divina
[I]scrittura latina,
e de la fede son difenditori
li bon' Predicatori:
lor pridicanza è nostra medicina.

XLIX (a)
Guido Cavalcanti a Guido Orlandi

La bella donna dove Amor si mostra,
ch'è tanto di valor pieno ed adorno,
tragge lo cor della persona vostra:
e' prende vita in far co-llei soggiorno,

perc' ha s' dolce guardia la sua chiostra,
che 'l sente in India ciascun lunicorno,
e la vertude l'arma a fera giostra;
vizio pos' dir no I fa crudel ritorno,

ch'ell' è per certo di s' gran valenza,
che già non manca I-llei cosa da bene,
ma' che Natura la creò mortale.

Poi mostra che 'n ciò mise provedenza:
ch'al vostro intendimento si convene

far, per conoscer, quel ch'a lu' sia tale.

XLIX (b)
Risposta di Guido Orlandi a Guido Cavalcanti

A suon di trombe, anzi che di corno,
vorria di fin' amor far una mostra
d'armati cavalier, di pasqua un giorno,
e navicare senza tiro d'ostra

ver' la Gioiosa Garda, girle intorno
a sua difensa, non cherendo giostra
a te, che se' di gentilezza adorno,
dicendo il ver: per ch'io la Donna nostra

di su ne prego con gran reverenza
per quella di cui spesso mi sovene,
ch'a lo su' sire sempre stea leale,

servando in sé l'onor, come s'avene.
Viva con Deo che ne sostene ed ale,
né mai da Lui non faccia dipartenza.

L (a)

Di vil matera mi conven parlare
[e] perder rime, silabe e sonetto,
s' ch'a me ste[sso] giuro ed imprometto
a tal voler per modo legge dare.

Perché sacciate balestra legare
e coglier con isquadra archile in tetto
e certe fiate aggiate Ovidio letto
e trar quadrelli e false rime usare,

non pò venire per la vostra mente
là dove insegna Amor, sottile e piano,
di sua manera dire e di su' stato.

Già non è cosa che si porti in mano:
qual che voi siate, egli è d'un'altra gente:
sol al parlar si vede chi v'è stato.

Già non vi toccò lo sonetto primo:
Amore ha fabricato ciò ch'io limo.

L (b)
Guido Orlandi a Guido Cavalcanti

Amico, I' saccio ben che sa' limare
con punta lata maglia di coretto,
di palo in frasca come uccel volare,
con grande ingegno gir per loco stretto,

e largamente prendere e donare,
salvar lo guadagnato (ciò m'è detto),
accoglier gente, terra guadagnare.
In te non trovo mai ch'uno difetto:

che vai dicendo intra la savia gente
faresti Amore piangere in tuo stato.
Non credo, poi non vede: quest'è piano.

E ben di' 'l ver, che non si porta in mano,
anzi per passïon punge la mente
dell'omo ch'ama e non si trova amato.

Io per lung' uso disusai lo primo
amor carnale: non tangio nel limo.

LI

Guata, Manetto, quella scrignutuzza,
e pon' ben mente com'è divisata
e com'è drittamente sfigurata
e quel che pare quand'ella s'agruzza!

Or, s'ella fosse vestita d'un'uzza
con cappellin' e di vel soggolata
ed apparisse di d'e accompagnata
d'alcuna bella donna gentiluzza,

tu non avresti niquità s' forte
né sarestii angoscioso s' d'amore
né s' involto di malinconia,

che tu non fossi a rischio de la morte
di tanto rider che farebbe 'l core:
o tu morresti, o fuggiresti via.

LII

Novelle ti so dire, odi, Nerone:
che' Bondelmonti trieman di paura,
e tutti Fiorentin' no li assicura,
udendo dir che tu ha' cuor di leone:

e' più trieman di te che d'un dragone,
veggendo la tua faccia, ch'è s' dura

che no la riterria ponte né mura,
se non la tomba del re Pharaone.

Deh, con' tu fai grandissimo peccato:
s' alto sangue voler discacciare,
che tutte vanno via sanza ritegno!

Ma ben è ver che ti largàr lo pegno
di che pot[e]rai l'anima salvare:
s' fosti paziente del mercato!